そのあと ひとは

たかはし けいこ 詩集　高橋敏彦 絵

JUNIOR POEM SERIES

もくじ

恋《こい》

改札口《かいさつぐち》 6
歩いてくる 8
なんども 10
レモン 12
森 14
海 16
あなたは 18
あなたを 22
草原《くさはら》があったら 26

樹《き》

けやき 30

若葉《わかば》　34
葡萄《ぶどう》　甲斐（山梨県）にて　36
柏林《かしわばやし》　北海道中札内にて　38
樹　42

鳥

ツグミ　50
ほんとうの　54

いのち

ここに　ひとつの　合唱曲のために　60
川　秋川　64
せいたかあわだちそう　66

恋《こい》

改札口《かいさつぐち》

あなたが　立ってる
私《わたし》を　待って
街の人は　流れて
さざめく

鳩《はと》は　おり立ち
木々は　風をまとい
風を　はらむ

改札口に立つ　あなたを
信仰《しんこう》のように
見る

歩いてくる

私《わたし》に向かって
歩いてくる

ほかの　だれでもない
私を　えらんで
私に向かって
歩いてくる

定められた
星の軌道《きどう》のように
ピッタリと
私に向かって
私に会うために
歩いてくる

なんども

たしかめたくなる
なんども

息の　つづくかぎり
空の　青さが
つづくかぎり

わたしのこと
好き？
と

レモン

あなたが　好き
レモンを
かじる瞬間《しゅんかん》のように
あなたが　好き
レモンを

てのひらで
包んだときのように

森

わたしは空に向かい
空にだかれたいと思っている
あなたは大地に向かい
大地にだかれたいと思っている
外から森のにおいがしてくる
いつでも帰れる気がする

森の中へ

どこかへいつか行かなきゃならないなら
森に行きたい

たましいだけになるときがきたら
二人で森に行きたい

胸《むね》と胸を合わせたままで
青い森に溶《と》けていきたい

海

あなたと
海に入ってゆく
目を閉《と》じて
あなたの体と
心だけが
私《わたし》の海

ただ
目を閉じて
泳いでゆく
ただ
あなたの中で
あなたが
私の海

あなたは

あなたは
胸《むね》の中の
だれにも入れない部屋にひとりすわって
絵をかいていますか

雨があがって
ミカンの葉の上に
アゲハの幼虫《ようちゅう》がいました

「大きくなったね」と
声をかけました

夜になって
虫が鳴いています
あんなにいっしょうけんめい
だれにきかせるのでしょうね

アゲハの幼虫は
葉っぱの上で
ひとりぽっちで眠《ねむ》っているのでしょうか

小さな目をつぶって
いちまいの葉っぱに
たよりきって

あなたに会えてよかったと
心から思います

会えただけでよかったと
思わなければなりません

あなたのような人が
生きているだけで

私《わたし》も
生きる勇気がもてます

アゲハの幼虫《ようちゅう》は
アゲハになるとき
うれしいのでしょうか
それとも
かなしいのでしょうか

あなたを

まっすぐに
潔《いさぎよ》く
素直《すなお》に
きれいに
あなたを
好きでいたい

冬の　木のように

冬の　山のように
冬の　空のように
凛《りん》と
張《は》りつめて
大地に　根をはって
そして
気高く

鳥のように　やさしく
あたたかく
やわらかく
あなたを

好きでいたい
鳥の自由と
誇《ほこ》りと
哀《かな》しさのように
あなたを
好きでいたい

草原《くさはら》があったら

そこに草原があったら
ずっと　ずーっと
歩いてゆきたい
草の名まえ
花の名まえ
語りあって
空を見たり
木を見たり

しゃがんだり
かけたり
いつまでも草原を歩き
どこにも帰らなくてよく
どこにも行かなくてよく
はるかの
水色の地平線だけを見て
はるかの
一等星だけを見て
手をつないだり
ほどいたり
胸《むね》いっぱいの

空気を吸《す》いながら
一番大事なことだけを
思って
空が群青色《ぐんじょういろ》になって
また
夜明けの光が
地平線をにじませ
あたらしい一日がはじまっても
あなたと
ずっと歩いてゆきたい

樹《き》

けやき

体いっぱい
空に向かって

空に
希望と
未来と
生命《いのち》が　あると
信じて

いつも静かに
どんなときにも
おまえは
与《あた》えられた場所で
体じゅうで謳《うた》う
生きている喜びを
生きている哀《かな》しみを

伸《の》びて
伸びて
触《ふ》れようと

摑《つか》もうと
抱《だ》きしめようと

空へ
空へ
空へ

私《わたし》を
おまえの肩《かた》に
乗せてくれ
私も謳《うた》いたい

体じゅうで
向き合いたい
私たちを
包んでくれている
あなたと

若《わか》葉《ば》

窓《まど》を　あけたら
若葉の　におい
むせかえるような
若葉の　におい

「おはよう」が
言えるかもしれない
「おはよう」が

言えそうだ
私《わたし》の中の
若葉よ

葡《ぶ》萄《どう》

——甲斐《かい》（山梨《やまなし》県）にて

葡萄棚《ぶどうだな》の上から
まざりけのない
真《ま》っ直《す》ぐな陽《ひ》の光が差してくる

農園の主《あるじ》の手で
同じ高さに吊《つ》り下がった
その夕焼け色した果実は
祝福された嬰児《みどりご》のように

その身を光に委《ゆだ》ねている
満遍《まんべん》なく愛される
幸福
信じきる
幸福

ただ
行儀《ぎょうぎ》よく吊り下がる
葡萄の
すがしい丸《まろ》さよ

柏《かしわ》林《ばやし》

——北海道中札内《なかさつない》にて

柏林に雨が降《ふ》る
冬枯《ふゆが》れた柏林だ
かわいた堅《かた》い大きな葉に
雨が降る

裂《さ》けた白い木肌《きはだ》に
雨が沁《し》み込《こ》む
人肌《ひとはだ》が

涙《なみだ》を沁み込ませてきたように

空と柏林

何もない清潔《せいけつ》
あたたかな休息

声がきこえる
――ゆっくり　おやすみ
――たっぷり　おねむり

小さな風が起こって

葉が落ちる

声は
柏《かしわ》の木の天辺《てっぺん》の
ずーっと上から
明るい霧《きり》のように降《お》りてくる

柏の静かな息がきこえる

柏林が眠《ねむ》る

雨が降《ふ》る

樹《き》

樹はいつも
わたしのそばにあった
木陰《こかげ》に眠《ねむ》るわたしに
緑の風は歌をうたい
木洩《こも》れ日《び》に

小さなわたしは微笑《ほほえ》んだ

樹はいつも
わたしのそばにあった

かくれんぼの鬼《おに》になり
目をつむってもたれたとき
しんとした世界の中で
木の葉がザワザワと
揺《ゆ》れた

樹はいつも

わたしのそばにあった

母に叱《しか》られて
家を飛び出したわたしを
抱《だ》きとってくれた樹《き》
張《は》り出した枝《えだ》に足をかけ
上へ上へと登った
枝に腰《こし》をかけ
夜空を見上げ
独《ひと》りぽっちのさみしさを
知った

樹はいつも
わたしのそばにあった

わたしの体の中を
冷たい風が流れてゆくとき
温《ぬく》もった木肌《きはだ》は
父だった
母だった
頰《ほほ》をあてて抱きしめると
流れる熱い水があった

樹はいつも

わたしのそばにあった
しかし
樹《き》は
耐《た》えていた
動けない運命に
根を張《は》りつづけ
昇《のぼ》れない空に
あこがれつづけた

樹よ
静かに立ちつづける樹よ
おまえのような愛を

わたしは知らない
樹はいつも
わたしのそばに
ある

鳥

ツグミ

窓辺《まどべ》にツグミがやってくる
エサをくれと鳴く
私《わたし》はパンと柿《かき》を小さく刻《きざ》み
置いてやる

ツグミのお気に入りの木が
何メートルか先にあって
そこから一日に何度も

通ってくるのだ

エサがしばらく置かれないと
窓辺で首を傾《かし》げているように
見える

エサをくれないからと
ツグミは私を恨《うら》むことはない
なければないで
そんなものだろうという
顔をしているように見える

エサがあるとまた
感謝《かんしゃ》などせず
こんなものだろうという
顔をしてついばんでいる

私《わたし》はツグミがすきだ

少し求めて
あきらめがよくて
それでも
私の窓辺《まどべ》を忘《わす》れない

一声鳴いて
身を翻《ひるがえ》して飛び立ってゆく
潔《いさぎよ》い後《うし》ろ姿《すがた》が
私はすきだ

ほんとうの

鳥は
自分の高さを測《はか》っている
自由そうに飛んでいるが
あらゆる怖《おそ》れを
その小さな身に引き受け
張《は》りつめて
飛んでいる

私《わたし》は
張りつめて
飛んでいるか

自分の高さを
測っているか

鳥とちがって
自分の愛する人が
最大の天敵《てんてき》となることを
その哀《かな》しみを知って
飛んでいるか

ゆらゆらと飛ぶ
私《わたし》よ

あそこの梢《こずえ》で鳴く
小さな鳥を見よ

白い羽毛《うもう》を
ふるふる震《ふる》わせて
寒気の中に止まっている

あの鳥が飛び立つときの

澪《みなぎ》りを見よ

その澪りを
自分に宿らせよ

そして
空を切って飛ぶ
ほんとうの
鳥になれ

いのち

ここに　ひとつの

――合唱曲のために

ここに　ひとつの　命があります
耳をすますと　きこえます
なにか　流れる　音
木も　草も　動物も　ヒトも
それは　水　**water**《ウォーター》
太古から流れてきた
命の水

ここに　ひとつの　命があります
心でさわると　かんじます
なにか　伝わる　温《ぬく》もり
寄《よ》り添《そ》って　抱《だ》きしめて　いとおしんで
それは　愛　***love***《ラヴ》
先祖《せんぞ》から伝わってきた
命の愛

ここに　ひとつの　命があります
手では持てない　運べない
なにか　特別な　重さ
広い宇宙《うちゅう》の　深い知恵《ちえ》　微笑《ほほえ》み

それは　奇跡《きせき》　*miracle*《ミラクル》
あらゆることから選ばれた
命の奇跡

命は水とともに
流れてきました
命は愛とともに
受け継《つ》がれてきました
命は奇跡で
生まれてきました

その流れは　やさしくありたい

愛は絶《た》やさないでほしい
そして
命が奇跡であることの重さを
忘《わす》れないでほしい

命は　繋《つな》がってゆきます
明日《あした》へ
子どもは子どもを生きて
木は木を生きて
命は　繋がってゆきます
未来へ
わたしが　わたしを生きて
あなたが　あなたを生きて

川　――秋川

会いたいと
ただ
会いたいと
流れてゆく
川

そうだ
いのちは

会いたいところへ
向かうのだ

会うために
会うために
会うために
いのちは
流れる

せいたかあわだちそう

伸《の》びて
ぐんぐん伸びて
倒《たお》れても伸びて
探《さが》して
探して
花開くところ

触《ふ》れたい

触れられない
空
あの中で
花開きたい

伸びて伸びて
力を抜《ぬ》いて
体中からあふれ出た
愛

わたしを見て！

息子へ

――いのちは　まるいの？
――つぶつぶなの？

あどけない　おまえが
私《わたし》を見上げて　聞く

生きている　おまえそのものが
いのちだけど……

ママが死んでも
おまえが死んでも
いのちは　あると
ママは思う

目に見えるものが
みんな消えても
ありつづけるのが
いのちだと思う

みんなの中にあって

大事な大事なもの

生まれる前から
死んだ後も
赤ん坊《ぼう》にも
おばあちゃんにも
いのちはいつも
ぴかぴか新しい

ひとは

ひとは
どこからか　辿《たど》り着いて
どこかへ　帰ってゆく
確《たし》かに
光の帯の中

温かい海の中を
やっと辿り着いた
そんな吐息《といき》を
赤ん坊《ぼう》が洩《も》らすときがある

そして
ひとが
どこかへ　帰ろうとするとき
どこかを　捜《さが》して
閉《と》じた瞼《まぶた》を動かすときがある

そのあと

ひとは
光の帯の端《はし》に乗る

いのちは　まるいかもしれない
つぶつぶかもしれない

生まれること死ぬこと

生まれることも
死ぬことも
怖《こわ》くはない

ただ
ママがママでなくなり
おまえがおまえでなくなるのが
淋《さび》しい

あどけない
おまえの姿《すがた》は
永遠《えいえん》の腕《かいな》の中にとどめておきたい

生まれないより
生まれたほうがずっといい

一生懸命《けんめい》生まれ
一生懸命死ぬの

怖くはない

いのちは　まるいもの
いのちは　やさしいもの
いのちの　つぶつぶは
巡《めぐ》っている

あとがき

山路を往くバスの窓に、今、樹の枝から離れたばかりの葉が当たります。私は、嬉しくなります。葉っぱと挨拶が交わせるからです。葉は、「さよなら！」や「またね！」や「ヤッホー！」や「たのしかったよ！」など、さまざまな挨拶をしてくれます。なかには、黙ったままの葉も、もちろんありますが。

猿が眼の前の山を駆け上がっていったり、バス停に立っていると、貂《てん》が巣穴に帰ろうとしているところに出くわしたりします。

みんな、頑張ってるなあと思います。

空と山と樹と鳥と川と草と動物と……そして人と、みんなで生きてるんだなあと思います。

絵を描いてくださった、あきる野の高橋敏彦画伯、ありがとうございました。

二〇〇八年十一月二十三日　誕生日に

たかはし　けいこ

たかはし　けいこ
愛媛県生まれ
高校生のとき『高三コース』（学習研究社）で「あたしの足」入選
『日本児童文学創作コンクール』（日本児童文学者協会）で「おばあさん」入選
「参観日」で現代少年詩集新人賞
『おかあさんのにおい』（銀の鈴社）で少年詩賞
『とうちゃん』（同）で三越左千夫少年詩賞
その他『わたし』（同）がある
現在、東京都檜原村の特別養護老人ホーム勤務
東京都あきる野市在住

絵・髙橋敏彦（たかはし　としひこ）

1942年札幌生まれ。高校卒業まで、絵画・書・デザインを公募展に出品、各賞を受ける。

桑沢デザイン研究所入学。その後同研究所で6年間講師を勤める。

1968年デザイン事務所を設立。1976年五日市町（現あきる野市）へ移す。

1984年から、観光ポスター展で続けて日本一の金賞、銀賞、入選を受ける（日本観光協会）。

個展、髙島屋（二子玉川・横浜・立川）、他にて墨彩画展を開催。

NDC911
東京　銀の鈴社　2009
82頁 21cm（そのあと　ひとは）

ジュニアポエムシリーズ　196
2009年2月28日初版発行
本体1,200円＋税

そのあと　ひとは

著　者　たかはしけいこ©　絵　髙橋敏彦©
シリーズ企画　㈱教育出版センター
発行者　柴崎聡・西野真由美
編集発行　㈱銀の鈴社 TEL 03-5524-5606　FAX 03-5524-5607
〒104-0061　東京都中央区銀座1-21-7 4F
http://www.ginsuzu.com
E-mail info@ginsuzu.com

ISBN978−4−87786−196−4 C8092
落丁・乱丁本はお取り替え致します
印刷　電算印刷
製本　渋谷文泉閣

…ジュニアポエムシリーズ…

1 鈴木敏史・詩集 宮下琢郎・絵 星の美しい村 ★☆
2 小池知子・詩集 高志孝子・絵 おにわいっぱいぼくのなまえ ★☆
3 鶴岡千代子・詩集 武田淑子・絵 白い虹 児文芸新人賞
4 楠木しげお・詩集 久保雅勇・絵 カワウソの帽子
5 津坂治男・詩集 垣内美穂・絵 大きくなったら ★
6 後藤れい子・詩集 山本まつ子・絵 あくたれぼうずのかぞえうた
7 北村蔦子・詩集 柿本幸造・絵 あかちんらくがき
8 吉田瑞穂・詩集 吉田翠・絵 しおまねきと少年 ★⊠◎
9 新川和江・詩集 葉祥明・絵 野のまつり ★☆
10 阪田寛夫・詩集 織茂恭子・絵 夕方のにおい ★◈○☆
11 高田敏子・詩集 若山憲・絵 枯れ葉と星 ★☆
12 原田直友・詩集 吉田翠・絵 スイッチョの歌 ★◎
13 小林純一・詩集 久保雅勇・絵 茂作じいさん ★●◉☆◎
14 谷川俊太郎・詩集 長新太・絵 地球へのピクニック ★◎
15 与田準一・詩集 深沢省三・深沢紅子・絵 ゆめみることば ★

16 岸田衿子・詩集 中谷千代子・絵 だれもいそがない村
17 江間章子・詩集 榊原直美・絵 水と風 ◇◎
18 原田直友・詩集 小野まり・絵 虹—村の風景— ★
19 福田正夫・詩集 福田達夫・絵 星の輝く海 ★☆
20 草野心平・詩集 長野ヒデ子・絵 げんげと蛙 ★☆○◇
21 宮田滋子・詩集 青木まさる・絵 手紙のおうち ☆○
22 久保田昭三・詩集 斎藤彬子・絵 のはらでさきたい
23 鶴岡千代子・詩集 加倉井和夫・武田淑子・絵 白いクジャク ★●
24 尾上尚子・詩集 まど・みちお・絵 そらいろのビー玉 ★☆児文協新人賞
25 水上紅・詩集 深沢紅子・絵 私のすばる ☆
26 野呂昶・詩集 福島一二三・絵 おとのかだん ★
27 こやま峰子・詩集 武田淑子・絵 さんかくじょうぎ ☆
28 青戸かいち・詩集 駒宮録郎・絵 ぞうの子だって
29 まきたかし・詩集 福田達夫・絵 いつか君の花咲くとき ★☆♡
30 薩摩忠・詩集 駒宮録郎・絵 まっかな秋 ★☆♡

31 新川和江・詩集 福島一二三・絵 ヤァ！ヤナギの木 ★☆○♡
32 井上靖・詩集 駒宮録郎・絵 シリア沙漠の少年 ★☆♡
33 古村徹三 詩・絵 笑いの神さま
34 江上波夫・詩集 青空風太郎・絵 ミスター人類 ○☆
35 秋原秀夫・詩集 鈴木義治・絵 風の記憶 ★◎
36 水村三千夫・詩集 武田淑子・絵 鳩を飛ばす
37 久冨純江・詩集 渡辺安芸夫・絵 風車 クッキングポエム
38 日野生三・詩集 吉野晃希男・絵 雲のスフィンクス ★
39 佐藤雅子・詩集 佐藤太清・広瀬きよみ・絵 五月の風 ★
40 小黒恵子・詩集 武田淑子・絵 モンキーパズル ★
41 木村信子・詩集 山本典子・絵 でていった
42 中野栄子・詩集 吉田翠・絵 風のうた ☆
43 宮田滋子・詩集 牧村慶子・絵 絵をかく夕日 ★
44 大久保ティ子・詩集 渡辺安芸夫・絵 はたけの詩 ★☆
45 秋原秀夫・詩集 赤星亮衛・絵 ちいさなともだち ♥

☆日本図書館協会選定
★全国学校図書館協議会選定
□少年詩賞　■茨城県すいせん図書
○厚生省中央児童福祉審議会すいせん図書
●日本童謡賞　♧岡山県選定図書
♡日本子どもの本研究会選定
♥秋田県選定図書
♣愛媛県教育会すいせん図書
◇岩手県選定図書
◆京都府選定図書
⊠芸術選奨文部大臣賞
◉赤い鳥文学賞　◈赤い靴賞

…ジュニアポエムシリーズ…

46 日友靖子詩集　藤城清治・安西明美・絵　猫曜日だから ◆☆
47 秋葉てる代詩集　武田淑子・絵　ハープムーンの夜に ♡
48 こやま峰子詩集　山本省三・絵　はじめのいーっぽ ★♡
49 黒柳啓子詩集　金子滋・絵　砂かけ狐 ♡
50 三枝ますみ詩集　武田淑子・絵　ピカソの絵 ☆♡●
51 夢虹二詩集　武田淑子・絵　とんぼの中にぼくがいる ♡○❤
52 はたちよしこ詩集　まど・みちお・絵　レモンの車輪 □♧
53 大岡信詩集　葉祥明・絵　朝の頌歌 ★☆♡❤◎
54 吉田瑞穂詩集　吉田翠・絵　オホーツク海の月 ★☆♡
55 さとう恭子詩集　村上保・絵　銀のしぶき ★☆♡
56 星乃ミミナ詩集　葉祥明・絵　星空の旅人 ★☆♡
57 葉祥明詩・絵　ありがとう そよ風 ★♡▲
58 青戸かいち詩集　初山滋・絵　双葉と風
59 小野ルミ詩集　和田誠・絵　ゆきふるるん ★☆●♡
60 なぐもはるき詩・絵　たったひとりの読者 ★♡♧

61 小関秀夫詩集　小倉玲子・絵　風《かざ》栞《しおり》 ★♡❤
62 海沼松世詩集　守下さおり・絵　かげろうのなか ☆♡
63 山本龍生詩集　小倉玲子・絵　春行き一番列車 ♡
64 小泉周二詩集　深沢省三・絵　こもりうた ★☆♡
65 かわてせいぞう詩集　若山憲・絵　野原のなかで ♡★❤
66 えぐちまき詩集　赤星亮衛・絵　ぞうのかばん ♡◆❤
67 池田あきつ詩集　小倉玲子・絵　天気雨 ♡
68 藤井則行詩集　君島美知子・絵　友へ ♡♤
69 藤哲生詩集　武田淑子・絵　秋いっぱい ★♠
70 日友靖子詩集　深沢紅子・絵　花天使を見ましたか ★
71 吉田瑞穂詩集　吉田翠・絵　はるおのかきの木 ★
72 小島禄琅詩集　中村陽子・絵　海を越えた蝶 ☆★❤♡
73 にしおまさこ詩集　杉田幸子・絵　あひるの子 ★
74 山下竹二詩集　徳田徳志芸・絵　レモンの木 ★
75 高崎乃理子詩集　奥山英俊・絵　おかあさんの庭 ★♡

76 檜きみこ詩集　広瀬弦・絵　しっぽいっぽん ★●□☆♡
77 たかはしけいこ詩集　高田三郎・絵　おかあさんのにおい ♡♣□
78 星乃ミミナ詩集　深澤邦朗・絵　花かんむり ❤☆♡
79 佐藤照雄詩集　津波信久・絵　沖縄 風と少年 ☆♡★
80 相馬梅子詩集　やなせたかし・絵　真珠のように ❤★
81 小島禄琅詩集　深沢紅子・絵　地球がすきだ ★
82 鈴木美智子詩集　黒澤梧郎・絵　龍のとぶ村 ◇★❤
83 いがらしれいこ詩集　高田三郎・絵　小さなてのひら ☆
84 宮入黎子詩集　小倉玲子・絵　春のトランペット ☆★
85 下田喜久美詩集　方振寧・絵　ルビーの空気をすいました ☆
86 野呂昶詩集　方振寧・絵　銀の矢ふれふれ ★
87 ちよはらまちこ詩集　ちよはらまちこ・絵　パリパリサラダ ★
88 秋原秀夫詩集　徳田徳志芸・絵　地球のうた ☆★
89 中島あやこ詩集　井上緑・絵　もうひとつの部屋 ★
90 藤川こうのすけ詩集　葉祥明・絵　こころインデックス ☆

✻サトウハチロー賞　✣毎日童謡賞　♠奈良県教育研究会すいせん図書
☼三木露風賞　❖北海道選定図書　✿三越左千夫少年詩賞
♤福井県すいせん図書　◈静岡県すいせん図書
▲神奈川県児童福祉審議会推薦優良図書　◎学校図書館ブッククラブ選定図書

‥‥ジュニアポエムシリーズ‥‥

91 新井　和・詩集　高田三郎・絵　おばあちゃんの手紙 ☆★
92 はなわたえこ・詩集　えばとかつこ・絵　みずたまりのへんじ ★●
93 柏木恵美子・詩集　武田淑子・絵　花のなかの先生 ☆
94 中原千津子・詩集　寺内直美・絵　鳩への手紙 ★
95 高瀬美代子・詩集　小倉玲子・絵　仲なおり ★
96 杉本深由起・詩集　若山　憲・絵　トマトのきぶん ☆★◎ 児文芸新人賞
97 宍倉さとし・詩集　守下さおり・絵　海は青いとはかぎらない ♧
98 石井英行・詩集　有賀　忍・絵　おじいちゃんの友だち ■
99 なかのひろ・詩集　アサト・シェラ・絵　とうさんのラブレター ☆★
100 小松静江・詩集　藤川秀之・絵　古自転車のバットマン
101 石原一輝・詩集　加藤真夢・絵　空になりたい ☆⌘★
102 小泉周二・詩集　西　真里子・絵　誕生日の朝 ☆■★
103 くすのきしげのり童謡　わたなべあきお・絵　いちにのさんかんび ☆★
104 成本和子・詩集　小倉玲子・絵　生まれておいで ☆★⌘♡♧
105 伊藤政弘・詩集　小倉玲子・絵　心のかたちをした化石 ★

106 川崎洋子・詩集　井戸妙子・絵　ハンカチの木 □★☆
107 柘植愛子・詩集　油野誠一・絵　はずかしがりやのコジュケイ ⌘
108 新谷智恵子・詩集　葉　祥明・絵　風をください ☆◈☼●♡✣
109 金親尚子・詩集　牧　進・絵　あたたかな大地 ☆
110 黒柳啓子・詩集　吉田　翠・絵　父ちゃんの足音 ☆★♡□
111 富田栄子・詩集　油野誠一・絵　にんじん笛 ♡☆
112 原　国子・詩集　高畠　純・絵　ゆうべのうちに ☆
113 宇部京子・詩集　スズキコージ・絵　よいお天気の日に ○□●☆◇★
114 武鹿悦子・詩集　牧野鈴子・絵　お花見 ☆□
115 山本なおこ・詩集　梅田俊作・絵　さりさりと雪の降る日 ☆★
116 小林比呂古・詩集　おおた慶文・絵　ねこのみち ☆
117 後藤れい子・詩集　渡辺あきお・絵　どろんこアイスクリーム ☆
118 重清良吉・詩集　高田三郎・絵　草の上 ☆□֍◆★
119 宮中雲子・詩集　西　真里子・絵　どんな音がするでしょか ✼★
120 前山敬子・詩集　若山　憲・絵　のんびりくらげ ☆★

121 川端律子・詩集　若山　憲・絵　地球の星の上で ♡
122 たかはしけいこ・詩集　織茂恭子・絵　とうちゃん ♡֍♣★
123 宮田滋子・詩集　深澤邦朗・絵　星の家族 ☆●
124 国沢たまき・詩集　唐沢　静・絵　新しい空がある
125 池田あきつ・詩集　小倉玲子・絵　かえるの国 ★
126 黒田恵子・詩集　倉島千賀子・絵　ボクのすきなおばあちゃん ☆★♡
127 垣内磯子・詩集　宮崎照代・絵　よなかのしまうまバス ☆♡★
128 小泉周二・詩集　佐藤平八・絵　太陽へ ֍★●☆♡
129 中島和子・詩集　秋里信子・絵　青い地球としゃぼんだま ☆★
130 のろさかん・詩集　福島一二三・絵　天のたて琴 ☆
131 加藤丈夫・詩集　葉　祥明・絵　ただ今受信中 ☆★
132 北原悠子・詩集　深沢紅子・絵　あなたがいるから ♡
133 池田もと子・詩集　小倉玲子・絵　おんぷになって ♡
134 鈴木初江・詩集　吉田　翠・絵　はねだしの百合 ★
135 垣内磯子・詩集　宇井　俊・絵　かなしいときには ★

△長野県教育委員会すいせん図書　✡㈶日本動物愛護協会推薦図書

…ジュニアポエムシリーズ…

136 秋葉てる代詩集 やなせたかし・絵 おかしのすきな魔法使い ❀●★
137 青戸かいち詩集 永田萠・絵 小さなさようなら ❀★
138 柏木恵美子詩集 高田三郎・絵 雨のシロホン ♡★
139 藤井則行詩集 阿見みどり・絵 春だから ♡★◎
140 黒田勲子詩集 山中冬二・絵 いのちのみちを
141 南郷芳明詩集 的場豊子・絵 花時計
142 やなせたかし 詩・絵 生きているってふしぎだな
143 内田麟太郎詩集 斎藤隆夫・絵 うみがわらっている
144 しまざきふみ詩集 島崎奈緒・絵 こねこのゆめ ♡
145 糸永えつこ詩集 武井武雄・絵 ふしぎの部屋から ♡
146 石坂きみこ詩集 鈴木英二・絵 風の中へ ♡
147 坂本のこ詩集 坂本こう・絵 ぼくの居場所 ♡
148 島村木綿子 詩・絵 森のたまご ❀
149 楠木しげお詩集 わたせせいぞう・絵 まみちゃんのネコ ★
150 牛尾良子詩集 上矢津・絵 おかあさんの気持ち ♡

151 三越左千夫詩集 阿見みどり・絵 せかいでいちばん大きなかがみ ★
152 水村三千夫詩集 高見八重子・絵 月と子ねずみ
153 川越文子詩集 横松桃子・絵 ぼくの一歩 ふしぎだね ★
154 すずきゆかり詩集 葉祥明・絵 まっすぐ空へ
155 西田純詩集 葉祥明・絵 木の声 水の声
156 清野倭文子詩集 水科舞・絵 ちいさな秘《ひ》密《みつ》
157 川奈静詩集 直江みちる・絵 浜ひるがおはパラボラアンテナ ★◎
158 若木良水詩集 西真里子・絵 光と風の中で
159 牧陽子詩集 渡辺あきお・絵 ねこの詩 ★◎
160 宮田滋子詩集 阿見みどり・絵 愛一輪 ★◎
161 井上灯美子詩集 唐沢静・絵 ことばのくさり ☆●
162 滝波万理子詩集 滝波裕子・絵 みんな王《おう》様《さま》 ★●
163 冨岡みち詩集 関口コオ・絵 かぞえられへん せんぞさん ★
164 垣内磯子詩集 辻恵子・切り絵 緑色のライオン ★◎
165 すぎもとれいこ詩集 平井辰夫・絵 ちょっといいことあったとき ★

166 岡田喜代子詩集 おぐらひろかず・絵 千年の音 ★☆◎
167 川奈静詩集 直江みちる・絵 ひもの屋さんの空 ★◎☆❤♡
168 鶴岡千代子詩集 武田淑子・絵 白い花火 ★☆
169 井上灯美子詩集 唐沢静・絵 ちいさい空をノックノック ★◎☆
170 尾崎杏子詩集 ひなた山すじゅう郎・絵 海辺のほいくえん ☆♡★◎
171 柘植愛子詩集 やなせたかし・絵 たんぽぽ線路 ☆♡★◎●
172 小林比呂古詩集 うめざわのりお・絵 横須賀スケッチ ☆★◎♡▲
173 林佐知子詩集 串田敦子・絵 きょうという日 ☆★◎♡▲
174 後藤基宗子詩集 岡澤由紀子・絵 風とあくしゅ ☆❤★◎♡
175 土屋律子詩集 高瀬のぶえ・絵 るすばんカレー ☆♡★◎▲
176 三輪アイ子詩集 深沢邦朗・絵 かたぐるましてよ ★☆♡
177 田辺瑞美子詩集 西真里子・絵 地球賛歌 ☆★◎
178 高瀬美代子詩集 小倉玲子・絵 オカリナを吹く少女 ☆♡
179 中野惠子詩集 串田敦子・絵 コロボックルでておいで ★♡☆●
180 松井節子詩集 阿見みどり・絵 風が遊びにきている ★☆♡▲

…ジュニアポエムシリーズ…

- 181 新谷智恵子詩集 徳田徳志芸・絵 『とびたいペンギン』 佐世保文学賞 ♡★◎▲
- 182 牛尾良子詩集 牛尾征治・写真 『庭のおしゃべり』 ♡★◎
- 183 三枝ますみ詩集 高見八重子・絵 『サバンナの子守歌』 ☆★
- 184 佐藤雅子詩集 佐藤太清・菊池治子・絵 『空の牧《まき》場《ば》』 ☆★♡■◎
- 185 山内弘子詩集 おぐらひろかず・絵 『思い出のポケット』 ♡★●
- 186 山内弘子詩集 阿見みどり・絵 『花の旅人』 ♡★▲
- 187 原国子詩集 牧野鈴子・絵 『小鳥のしらせ』 ♡★△◎
- 188 人見敬子詩・絵 『方《はこ》舟《ぶね》地球号 ―いのちは元気―』 ♡★◎
- 189 林佐知子詩集 串田敦子・絵 『天にまっすぐ』 ★☆♡◎
- 190 小臣富子詩 渡辺あきお・絵 『わんさかわんさかどうぶつさん』 ✡♡★◎
- 191 川越文子詩 かまだちえみ・写真 『もうすぐだからね』 ♡★◎
- 192 永田喜久男詩 武田淑子・絵 『はんぶんごっこ』 ☆★◎♡
- 193 吉田房子詩 大和田明代・絵 『大地はすごい』 ★◎
- 194 石井春香詩集 髙見八重子・絵 『人魚の祈り』
- 195 石原一輝詩集 小倉玲子・絵 『雲のひるね』
- 196 たかはしけいこ詩集 髙橋敏彦・絵 『そのあと ひとは』

※発行年月日は、シリーズ番号順と異なり前後することがあります。

ジュニアポエムシリーズは、子どもにもわかる言葉で真実の世界をうたう個人詩集のシリーズです。

本シリーズからは、毎回多くの作品が教科書等の掲載詩に選ばれており、1975年以来、全国の小・中学校の図書館や公共図書館等で、長く、広く、読み継がれています。

心を育むポエムの世界。

一人でも多くの子どもや大人に豊かなポエムの世界が届くよう、ジュニアポエムシリーズはこれからも小さな灯をともし続けて参ります。

銀の小箱シリーズ

葉 祥明 詩・絵　小さな庭

若山 憲 詩・絵　白い煙突

こばやしひろこ・詩 うめざわのりお・絵　みんななかよし

江口 正子・詩 油野 誠一・絵　みてみたい

やなせたかし 詩・絵　あこがれよなかよくしよう

冨岡 みち・詩 関口 コオ・絵　ないしょやで

小林比呂古・詩 神谷 健雄・絵　花かたみ

小泉 周二・詩 辻 友紀子・絵　誕生日・おめでとう

柏原 耿子・詩 阿見みどり・絵　アハハ・ウフフ・オホホ★♡▲

すずのねえほん

たかはしけいこ・詩 中釜浩一郎・絵　わたし★◎

尾上 尚子・詩 小倉 玲子・絵　ぽわぽわん

糸永えつこ・詩 高見八重子・絵　はるなつあきふゆもうひとつ★児文芸新人賞

山口 敦子・詩 高橋 宏幸・絵　ばあばとあそぼう

あらい・まさはる・童謡 しのはらはれみ・絵　けさいちばんのおはようさん

アンソロジー

渡辺 浦人・編 村上 保・絵　赤い鳥 青い鳥

わたげの会・編 渡辺あきお・絵　花ひらく

木 曜 会・編 西 真里子・絵　いまも星はでている

木 曜 会・編 西 真里子・絵　いったりきたり

木 曜 会・編 西 真里子・絵　宇宙からのメッセージ

木 曜 会・編 西 真里子・絵　地球のキャッチボール★◎

木 曜 会・編 西 真里子・絵　おにぎりとんがった☆★◎

木 曜 会・編 西 真里子・絵　みぃーつけた♡★◎

木 曜 会・編 西 真里子・絵　ドキドキがとまらない